Alice au royaume de Cœur

2

QuinRose × Soumei HOSHINO

Alice au royaume de Cœur

2

SOMMAIRE

ARRÊTEZ-MOI SI JE ME TROMPE, MAIS... ON EST BIEN EN PLEINE NUIT ?
OUI, LE SOLEIL S'EST COUCHÉ...
DEPUIS UN MOMENT, DÉJÀ...
CELA TE POSE-T-IL PROBLÈME ?
EH BIEN, À VRAI DIRE...
JE N'IMAGINAIS PAS QU'ON PUISSE ORGANISER UN THÉ AU BEAU MILIEU DE LA NUIT !

GLOU
GLOU
QUELLE DRÔLE DE REMARQUE ! IL N'Y A PAS D'HEURE POUR PRENDRE LE THÉ...
AU CHÂTEAU, LA REINE PRÉFÈRE LE BOIRE LE SOIR...
C'EST VRAI...
MAIS LÀ D'OÙ JE VIENS, TOUT LE MONDE DORT, LA NUIT... C'EST UN PEU DÉROUTANT !
JE N'AURAIS PAS DÛ T'IN-VITER À UNE HEURE AUSSI TARDIVE ?
ÇA VA, JE N'AI PAS SOMMEIL...
VOTRE INVITATION M'A FAIT PLAISIR !
TOUT VA BIEN, ALORS !

TROIS HEURES DU MATIN OU DE L'APRÈS-MIDI, ÇA NE CHANGE PAS GRAND-CHOSE !
APRÈS TOUT, IL EST TROIS HEURES DANS LES DEUX CAS, PAS VRAI ?!
C'EST UN POINT DE VUE...
ELLIOT... PARFOIS, TU ME RAPPEL-LES PETER WHITE !
COMMENT ÇA ?!
SI LA REINE LE CONVOQUE À TROIS HEURES DE L'APRÈS-MIDI ET QU'IL ARRIVE EN RETARD...
VOUS AVEZ DIT "TROIS HEURES", VOUS VOYEZ BIEN QUE JE SUIS MÊME UN PEU EN AVANCE !
IL PRÉTEND QU'IL NE VOIT PAS OÙ EST LE PROBLÈME PUISQU'IL N'EST PAS ENCORE TROIS HEURES DU MATIN...
D'AILLEURS, J'AI TOUJOURS TROUVÉ QUE VOUS VOUS RESSEM-BLIEZ...
TU ES SÛR QUE VOUS N'ÊTES PAS DE LA MÊME FAMILLE ?

J'ESPÈRE QUE TU PLAISANTES ! QU'EST-CE QUE J'AI DE COMMUN AVEC CET ÉNERGUMÈNE ?
JE NE SUIS NI AUSSI DÉSINVOLTE NI AUSSI FOURBE QUE LUI...
ON N'A PAS LE MÊME VISAGE, ON NE S'HABILLE PAS PAREIL... JE N'AI RIEN À VOIR AVEC CET INDIVIDU !
QU'EN PENSES-TU, ALICE ?
DÉSOLÉE, MAIS MOI AUSSI, JE TROUVE QUE VOUS VOUS RESSEMBLEZ...
GH...
VRAIMENT ?!
KIII
MAIS EN QUOI ?! EXPLIQUE-MOI !
TILT
LES OREILLES !
VOUS AVEZ LES MÊMES !
VUS DE LOIN, VOUS ÊTES DEUX JEUNES GENS AVEC DES OREILLES DE LAPIN !

CE NE SONT PAS DES OREILLES DE LAPIN !
ELLES ONT BEAUCOUP POUSSÉ, JE L'AVOUE...
MAIS ÇA NE FAIT ABSOLUMENT PAS DE MOI UN LAPIN !!
ぱっ FLAP
LA PREUVE, REGARDE !
LA COMPOTE DE CAROTTES ...
LES COOKIES À LA CA-ROTTE...
LE GÂTEAU À LA CAROTTE, LE THÉ À LA CAROTTE...
VOILÀ MES METS PRÉFÉRÉS !
RÉVÉL ATION
J'AIME LES PLATS À BASE DE CAROTTES, MAIS JE DÉTESTE LES CAROTTES !
PAR CONSÉQUENT, JE NE PEUX PAS ÊTRE UN LAPIN !

SON RAISONNEMENT EST ABSURDE !
IL AURA BEAU DIRE, IL RESTE UN LIÈVRE POUR MOI...
EN REVANCHE...
LE CHEF CUISTOT DU CHAPELIER SAIT TRAVAILLER LA CAROTTE À LA PERFECTION !
PAR QUOI VAIS-JE COMMENCER ? LE GÂTEAU ? NON, JE VAIS ME JETER SUR LA COMPOTE...
JE N'AURAIS JAMAIS IMAGINÉ VOIR ELLIOT AFFICHER UNE TELLE EXPRESSION !
LA PREMIÈRE FOIS QUE NOS CHEMINS SE SONT CROISÉS, IL A MANQUÉ DE ME TUER...
ET TOI, AU FAIT, TU ES VRAIMENT UNE INVITÉE OU BIEN UN ENNEMIE
EUH... JE...
HMM...
CLAC
UN PISTOLET ?

HMM... DÉLICIEUX !!
AU CONTRAIRE ...
GLOUPS
MAIS À PRÉSENT, IL NE ME FAIT PLUS PEUR DU TOUT !
BOING ひょこっ
BOING ひょこっ
ガタンッ
CLAC
UN PROBLÈME, ALICE ?
C'EST TROP DUR...
JE NE PEUX PLUS ME RETENIR !

COUIC
??!!
AAAAH !!!
AÏE ! AÏE ! AÏE ! QU'EST-CE QUE TU FABRIQUES, ALICE ?!
C'EST DE TA FAUTE !
TU N'ARRÊTES PAS D'AGITER TES ADORABLES OREILLES SOYEUSES SOUS MON NEZ !
BRR BRR
TU LE FAIS EXPRÈS POUR ME POUSSER À BOUT, AVOUE-LE !
BRAVO, ALICE, TU ES LA MEILLEURE !
ALLEZ, RÉPONDS !
QUEL CRAN ! ♥
ÇA SUFFIT !
TU ME FAIS MAL ! LÂCHE-MOI !!

HAN
HAN
DÉSOLÉE ...
J'AI PERDU MON SANG-FROID...
OUF...
TU ES MÉCHANTE, ALICE...
TU ME DÉTESTES À CE POINT ?
SNIF...
うるっ
BOBOM
きゅん

TU NE T'EN-TENDS PAS AVEC LE LAPIN BLANC, IL ME SEMBLE...
MAIS CE N'EST PAS PARCE QU'ON A DE LONGUES OREILLES TOUS LES DEUX QU'IL FAUT TE VENGER SUR MOI !
PAS DU TOUT !
JE NE FAIS PAS D'AMALGAME ENTRE TOI ET CE MALO-TRU !
JE TE PRÉFÈRE, ET DE LOIN !
C'EST VRAI ?
SANS L'OMBRE D'UN DOUTE !
JE NE TE DÉTESTE PAS, MÊME SI TU ES UN LAPIN !
ALICE...
BOING
ÇA ME FAIT CHAUD AU COEUR !
MAIS JE NE SUIS PAS UN LAPIN, TU SAIS...
BOING
BOING
BRR
J'AI ENCORE ENVIE DE LES ATTRA-PER...

MOI AUSSI...
JE T'ADORE !
TIENS...
IL NE ME SEMBLAIT PAS AVOIR DIT QUE JE L'ADORAIS...
EN RÉALITÉ, ELLIOT...
JE VAIS M'EMPIFFRER POUR ME REMONTER LE MORAL !
HI HI...
EST UN GARÇON TRÈS ATTENDRISSANT !
TU AS ENCORE MAL ?
NON, ÇA VA.
...

AU FAIT...
J'AI UN MESSAGE POUR ALICE, DE LA PART DU PROPRIO !
À CAUSE DE L'ÉCHAUFFOURÉE DE LA DERNIÈRE FOIS, TU N'AS PAS PU PROFITER DE NOS MANÈGES !
POUR SE FAIRE PARDONNER, IL T'OFFRE UN TICKET QUI TE DONNE ACCÈS GRATUITEMENT À TOUTES LES ATTRACTIONS DU PARC !
VRAIMENT ?
C'EST FORT AIMABLE À LUI, MERCI BEAUCOUP !
À CE PROPOS, IL Y A QUELQUE CHOSE QUI M'INTRIGUE AU SUJET DE GOROUND...
QUOI DONC ?
SON VIOLON !
TU VEUX PARLER DE SON HORRIBLE PRESTATION MUSICALE ?

PLUS QUE L'INTERPRÉTATION...
C'EST L'INSTRUMENT EN LUI-MÊME QUI ME TRACASSE...
ON AURAIT DIT UN FAUX... SA TAILLE ET SA FORME M'ONT SEMBLÉ LOUCHES !
AH, TU TROUVES ?
EN FAIT, IL CHANGE D'ASPECT À CHAQUE FOIS QUE GOROUND LE SORT...
LA DERNIÈRE FOIS, J'AI TROUVÉ QU'IL FAISAIT VRAI, MAIS JE NE M'Y CONNAIS PAS ASSEZ POUR FAIRE LA DIFFÉRENCE...
"QUE GOROUND LE SORT..."
PAR UN TOUR DE PASSE-PASSE ?
ENFIN, CE N'EST PAS ÉTONNANT, QUAND ON SAIT QU'IL PEUT LE TRANSFORMER EN ARME...
D'UN AUTRE CÔTÉ, MÊME S'IL UTILISAIT UN VRAI VIOLON, JE NE CROIS PAS QUE SA FAÇON DE JOUER OU DE CHANTER S'EN TROUVERAIT AMÉLIORÉE...
TU N'AS PAS TORT...

TU AS L'AIR CALÉE EN INSTRUMENTS DE MUSIQUE...
TU JOUES DE QUELQUE CHOSE ?
J'AI UN PEU APPRIS LE PIANO...
MAIS JE NE M'Y CONNAIS PAS TANT QUE ÇA !
J'AI ÉTUDIÉ LES DIFFÉRENTES SORTES DE VIOLONS À PARTIR DE DOCUMENTS QUI SE TROUVAIENT LÀ OÙ JE TRAVAILLAIS...
OH...
J'ÉTAIS CENSÉE ASSISTER LE PERSONNEL D'UNE MAISON D'ÉDITION PENDANT QUELQUE TEMPS...
MAIS MOI, CE QUI ME PLAISAIT LE PLUS, C'ÉTAIT DE LIRE TOUS LES OUVRAGES QU'ELLE PUBLIAIT !
EN PARLANT...
DE LIVRES...

LA CHAMBRE DE BLOOD...
EN EST REMPLIE DU SOL AU PLAFOND !
PAS VRAI ?
...
?
EUH...
BLOOD ?
EN EFFET ...

J'AI DES OUVRAGES PHILOSOPHIQUES, DES BIOGRAPHIES...
DES ROMANS HISTORIQUES, DES CONTES POUR ENFANTS... ET MÊME DES TRAITÉS D'ARCHITECTURE !
QUELLE BIBLIOTHÈQUE IMPRESSIONNANTE !
SI ÇA T'INTÉRESSE...
BLOOD POURRAIT TE MONTRER SA COLLECTION ! ÇA TE DIRAIT ?
OUI, J'EN SERAIS RAVIE...
FUIT

MAIS JE NE VOUDRAIS PAS DÉRANGER...
NE T'IN-QUIÈTE PAS...
CE N'EST PAS LE CAS !
HMM...
ALORS POURQUOI AVEZ-VOUS L'AIR AUSSI CONTRARIÉ ?
JE NE LE SUIS PAS LE MOINS DU MONDE ...
JE VOIS BIEN QUE SI !
PAS DU TOUT...
SI !
NON !
ガタンッ
CLAC
BON SANG !
ÇA SUFFIT, CES GAMINE-RIES !

TAP
TAP
TAP
QUE ME VEUX-TU...
LE LAPIN ?

JE SUIS VENU VOIR ALICE, BIEN SÛR !
ELLE N'EST PAS DANS SA CHAMBRE...
SAIS-TU OÙ ELLE SE TROUVE ?
ELLE A ÉTÉ INVITÉE À PRENDRE LE THÉ AU MANOIR DU CHAPELIER...
ELLE EST CHEZ LE CHAPELIER ?!
JE CONS-TATE QUE TU L'AUTORISES À FRÉQUENTER DES GENS PEU RECOMMANDA-BLES...
QUI SUIS-JE POUR L'EN EMPÊCHER ?

EN TOUT CAS, TU TOMBES À PIC !
J'AVAIS JUSTEMENT UNE QUESTION À TE POSER...
À QUEL SUJET ? SOIS BREF, JE TE PRIE...
PFF... LA BARBE !
POURQUOI AS-TU AMENÉ ALICE DANS NOTRE MONDE ?
POUR LA RENDRE HEUREUSE !
ALORS POURQUOI LA LAISSES-TU SE DÉBROUILLER TOUTE SEULE ? C'EST POURTANT TOI QUI L'AS OBLIGÉE À PARTICIPER À CE JEU !

JE NE VEUX QUE SON BONHEUR !
...
TU ES TOUJOURS AUSSI TORDU !
ÉCOUTE-MOI BIEN, LE LAPIN ! C'EST À ALICE, ET À ELLE SEULE, DE DÉCIDER DE SON BONHEUR...
NOUS N'AVONS PAS À INTERVENIR EN QUOI QUE CE SOIT !

JE VAIS TE DIRE COMMENT LA RENVOYER LÀ D'OÙ ELLE VIENT...
IL EN EST ENCORE TEMPS !
...

MAIS TOI, JULIUS...
EN CE QUI TE CONCERNE, AURAS-TU LE COURAGE DE LA CHASSER D'ICI ?
QU'EST-CE QUE TU INSINUES ?!
TU AS ACCEPTÉ D'HÉBERGER ALICE ALORS QUE D'HABITUDE, TU ES D'UNE MISANTHROPIE LÉGENDAIRE...
J'AI L'IMPRESSION QUE CETTE PETITE TE PLAÎT BIEN !
TU AS RAISON, C'EST À ELLE DE DÉCIDER...
DE SON BONHEUR !
ET C'EST ÉGALEMENT À ELLE DE CHOISIR SI ELLE VEUT RENTRER DANS SON MONDE OU NON !

TU N'AS PAS À T'EN MÊLER !
PUISQUE ALICE N'EST PAS LÀ, JE N'AI PLUS RIEN À FAIRE ICI...
JE RETENTE-RAI MA CHANCE PLUS TARD !
AU REVOIR !
TAP
TAP
TAP
TAP
TAP

AURAS-TU LE COURAGE DE LA CHASSER D'ICI ?
FICHTRE ...
CE LAPIN EST EXAS-PÉRANT !

ALICE... SI SEULEMENT TU POUVAIS TOMBER AMOUREUSE DE MOI, TOUT SE PASSERAIT POUR LE MIEUX...
ENFIN... TANT QUE TU RES-TES ICI, CELA SUFFIT À MON BONHEUR...
C'EST POUR-QUOI J'ARRIVE À SUPPORTER QUE TU FRÉQUENTES D'AUTRES PER-SONNES QUE MOI...
MAIS CE NE SERA PAS AUSSI FACILE !

SI ÇA PEUT TE RENDRE HEUREUSE...

CE BLOOD... IL VEUT FAIRE BONNE FIGURE ALORS QU'EN FAIT, C'EST UN CARACTÉRIEL...
PFF...
COMPLÈTEMENT ÉGOCENTRIQUE...
JE VIENS DE VOIR SON VRAI VISAGE !

♥7 Slow Making

ET VOILÀ ...
LA NUIT S'ACHÈVE...
LE THÉ EST TERMINÉ !
CLAP
LE JOUR M'ENGOURDIT L'ESPRIT...
JE VAIS ME COUCHER !

LE REVOILÀ QUI FAIT SA MAUVAISE TÊTE...
TOI AUSSI, TU AS SOMMEIL, ALICE ?
TU PEUX RESTER DORMIR AU MANOIR, SI TU VEUX...
CE NE SONT PAS LES CHAMBRES QUI MANQUENT !
FUIT
NON MERCI, JE VAIS RENTRER !
J'AI LE SENTIMENT QUE TOUT LE MONDE N'APPRÉCIE PAS MA VISITE...

CE N'EST QU'UNE IMPRESSION !
HEIN ? BLOOD ?
PFF...
ALICE...
LA PROCHAINE FOIS QUE TU VIENDRAS, JE TE PRÊTERAI DES LIVRES...
TU POURRAS LES FEUILLETER DANS MA CHAMBRE...
ELLIOT, RACCOMPAGNE-LA À LA TOUR !
D'ACCORD !
...

QUELLE MOUCHE L'A PIQUÉ ?!
ÇA LUI PREND SOUVENT DE FAIRE LA TÊTE POUR RIEN ?!
J'AI BIEN COMPRIS QU'IL NE POUVAIT PAS ME SUPPORTER !
HMM...
DISONS SIMPLEMENT QU'ELLE ME PLAÎT...
ET QUAND JE ME SERAI LASSÉ D'ELLE, JE N'AURAI QU'À LA TUER !
JE PENSE QU'IL T'APPRÉCIE, AU CONTRAIRE...
SINON, IL L'AURAIT ÉLIMINÉE DEPUIS BELLE LURETTE !

ARGH !
TAP
ピタッ
UN PROBLÈME ?
ALICE ! MA TENDRE ALICE !
FSSH
ぱあぁぁ
PETER WHITE ?!
BEUH...

TAP
TU M'AS TELLEMENT MANQUÉ, MA DOUCE AMIE !!
FLAP
TAP
TAP
PLAF
IL S'EN EST FALLU D'UN CHEVEU...
OUILLE...
NE SOIS PAS SI TIMIDE, VOYONS !
♡
IL NE S'AGIT PAS DE TIMIDITÉ !
JE FAIS TOUT POUR T'ÉVITER, ESPÈCE DE DÉTRAQUÉ !
JE N'AI PAS UN INSTANT DE RÉPIT !
TOUJOURS AUSSI VIRU-LENTE...
JE SUIS PASSÉ TE RENDRE VISITE À LA TOUR DE L'HORLOGE ...
MAIS COMME TU ÉTAIS ABSENTE, JE SUIS RE-PARTI FORT DÉPITÉ...

JAMAIS JE N'AURAIS IMAGINÉ CROISER TON CHEMIN...
JE SUIS CERTAIN QUE C'EST NOTRE AMOUR QUI NOUS A PLACÉS SUR LA MÊME ROUTE !
IL FAUT QU'IL AILLE SE FAIRE SOIGNER...
AU FAIT, ALICE...
JE TE VOIS EN COMPAGNIE DU LIÈVRE DE MARS...
QUELLES RELATIONS ENTRETENEZ-VOUS, EXACTEMENT ?

OH, JE VOIS !
TU TE SENS ATTIRÉE PAR LUI PARCE QU'IL A LES MÊMES OREILLES QUE MOI...
COMMENT ÇA...
QUELLES RELATIONS ?
MAIS CET HOMME EST UN CRIMINEL ! IL APPARTIENT À LA PÈGRE, TU SAIS...
ÇA NE TE GÊNE PAS PLUS QUE ÇA ?
C'EST VRAI, SON TRAVAIL N'EST PAS DES PLUS HONORABLES...
MAIS JE PRÉFÈRE DE LOIN ELLIOT À TOI !
PEU IMPORTE SA FONCTION, JE L'AIME TEL QU'IL EST !
EN TANT QU'AMI, BIEN SÛR !
SNIF...
じ〜ん
ALICE...

BLAM
?!
MAIS TU AS FAILLI NOUS TUER, SALE RONGEUR !!
EN TANT QU'AMI, DIS-TU ?
DU MO-MENT QUE CE N'EST PAS TON AMANT...
HÉ HÉ !
JE N'AI AUCUNE RAISON DE L'ABATTRE ! ♪
PARDON ?!
À PART MOI, LES LAPINS SONT TOUS D'UN ENNUI MORTEL !
QUAND J'EN RENCONTRE SUR MA ROUTE, J'AI TENDANCE À LES ÉLIMINER !
MAIS BON, JE T'ÉPARGNE POUR CETTE FOIS, ELLIOT ...
PUISQUE TU N'ES PAS QUELQU'UN DE CHER AU CŒUR D'ALICE !

MAIS QUEL INTÉRÊT ? L'AMITIÉ N'APPORTE RIEN, JE NE VOIS PAS POURQUOI TU AURAIS BESOIN DE...
?
BIEN SÛR QUE SI, IL COMPTE POUR MOI ! JE VIENS DE TE DIRE QUE C'ÉTAIT MON AMI !
EUH...
ENFIN, SI TU TIENS ABSOLUMENT À AVOIR UN LAPIN POUR CONFIDENT, JE SUIS LÀ !
JE PEUX CUMULER LES STATUTS D'AMOUREUX ET D'AMI ! ♡
LÀ N'EST PAS LA QUESTION...
CLIC
POUR LA CENTIÈME FOIS, JE NE SUIS PAS UN LAPIN !
JE COMMENCE...
À ÊTRE FATIGUÉ DE T'ENTENDRE DÉBITER DES ÂNERIES...
C'EST ÇA QUI L'A VEXÉ ?!

BLAM
ガウーンッ
TAC
TU ES VRAIMENT UN SINISTRE PER-SONNAGE !
TU PEUX PARLER !
JE NE TE PER-METTRAI PAS DE TOURMEN-TER ALICE DE LA SORTE !!

ELLIOT !
ET SI TU COMMENÇAIS PAR T'ÉLOIGNER D'ELLE, QU'ON EN DISCUTE ?!
BANG
J'AI BEAU ÊTRE MAGNANIME, JE NE TOLÉRERAI PAS...
QU'UN LIÈVRE RUSTRE ET MAL FAGOTÉ COMME TOI INCOMMODE MA BIEN-AIMÉE !
チュンッ
FRSH
TSS...

MAGNANIME, TOI ?!
LAISSE-MOI RIRE !
UN DANGEREUX MANIAQUE, VOILÀ CE QUE TU ES !
ET PUIS...
SE POURRAIT-IL QU'ELLIOT...
SE BATTE POUR MOI ?
AU RISQUE DE ME RÉPÉTER...
JE NE SUIS PAS UN LAPIN !!

TU ES L'ARCHÉTYPE MÊME DU LAPIN !
TU T'EMPIFFRES DE CAROTTES À TOUT VA !
VIOUU
N'IMPORTE QUOI ! JE NE MANGE JAMAIS DE CAROTTES !
SEULEMENT DES PLATS À BASE DE CAROTTES !
VIIIIOU
HEIN ?
PAN
PAN
PAN
PAN
C'EST LA MÊME CHOSE !
PAN
NON, LES LAPINS SE NOURRISSENT DE CAROTTES CRUES !
VIOUU
EUH... VOUS DEUX...
ÉCOUTEZ-MOI...
VOILÀ COMMENT, EN L'ESPACE DE QUELQUES MINUTES...
LE COMBAT A DÉRIVÉ EN QUERELLE DES PLUS FUTILES...
TU ES UN LAPIN !
ABSOLUMENT PAS !!
JE TOMBE DE SOMMEIL...
PFF...
JE VAIS LES PLANTER LÀ ET RENTRER ME COUCHER !
ELLIOT EST FORT, JE N'AI PAS À M'EN FAIRE POUR LUI.

FRSH
AH, VOUS VOILÀ !
NAVRÉ DE VOUS INTERROMPRE...
TILT
SIR WHITE...
MAIS SA MAJESTÉ LA REINE DEMANDE À VOUS VOIR, VEUILLEZ RENTRER AU PLUS VITE !
VOUS ÊTES...
LE SOLDAT QUI ÉTAIT VENU CHERCHER PETER DANS LES JARDINS DU CHÂTEAU, LA DERNIÈRE FOIS, JE ME TROMPE ?
EUH... OUI...
EN EFFET, C'EST BIEN MOI...
VOUS VOUS ÊTES SOUVENUE DE MON CHIFFRE ?
VOTRE CHIFFRE ?
AH NON, JE N'AVAIS MÊME PAS REMARQUÉ...

JE VOUS AI RECONNU ...
À VOTRE VISAGE !
!
LES SERVITEURS DU CHÂTEAU, LES EMPLOYÉS DU PARC D'ATTRACTIONS ET LES DOMESTIQUES DU CHAPELIER ...
PARAISSENT TOUS AVOIR LE MÊME VISAGE, MAIS À Y REGARDER DE PLUS PRÈS, CHACUN EST DIFFÉRENT !
JE VOUS REMERCIE...
VOUS ÊTES BIEN LA SEULE À L'AVOIR REMARQUÉ...
?!
GLOUPS
BLAM
SI JE TIRE SUR CETTE CARTE, TU VAS ENCORE TE METTRE EN COLÈRE, JE PARIE...

JE N'AI NULLE ENVIE DE M'ATTIRER TES FOUDRES, AUSSI JE N'EN FERAI RIEN !
JE RENTRE...
LE SIMPLE FAIT DE T'AVOIR VUE M'A REMPLI DE JOIE !
TOC
ペコッ
CE GARÇON EST D'UN PÉNIBLE...
OUF, ENFIN TRANQUILLE !
EN PLUS...
C'EST LA PREMIÈRE FOIS QUE JE VOIS CE TARÉ DE PETER WHITE SOURIRE DE BON CŒUR ET AVOIR L'AIR EMBARRASSÉ !
C'EST FOU QUE TU ARRIVES À RECONNAÎTRE UN DOMESTIQUE...
PAS DU TOUT, C'EST LA MOINDRE DES CHOSES !

TU T'ENTENDS BIEN AVEC LUI ?
BIEN SÛR QUE NON !
IL NE MANQUERAIT PLUS QUE ÇA !
AH BON...
IL ME SEMBLAIT BIEN QU'IL T'HORRIPILAIT...
JE SUIS FORMELLE !
DANS CE CAS...
HÉ HÉ !
JE LE TUERAI LA PROCHAINE FOIS QUE JE LE VERRAI !
J'AI COMME UNE IMPRESSION DE DÉJÀ VU...
MOI AUSSI, JE LE DÉTESTE...
QUEL CASSE-PIEDS... IL A TROUÉ MON ÉCHARPE !
JE LUI TIRERAI D'ABORD DANS LES BRAS ET, QUAND IL SERA DÉSARMÉ, JE LE FINIRAI AU COUTEAU...
TAIS-TOI !
TU ME DONNES LA NAUSÉE !
PARDON, PARDON !
JE ME METTRAI À L'ABRI DES REGARDS !
...

JE SUIS DE RETOUR, VOTRE MAJESTÉ...

HÉ HÉ !
AH, C'EST TOI, WHITE...
QU'EST-CE QUI NOUS VAUT CET AIR AHURI ?
C'EST QUE...
J'AI RENCONTRÉ ALICE EN CHEMIN, ÇA M'A MIS DE BONNE HUMEUR !
ALICE...
JE VOIS...

ELLE SEULE POUVAIT FAIRE CHANGER PETER À CE POINT...
CETTE ÉTRANGÈRE ...
HMM...
TU ES VRAIMENT FORMIDABLE..
ALICE !

TIENS, BLOOD !
J'AI RAMENÉ ALICE À LA TOUR DE L'HORLOGE !
TRÈS BIEN...
MALHEUREUSE-MENT, ON EST TOMBÉS SUR LE LAPIN BLANC EN COURS DE ROUTE !
À CE QUE J'AI COMPRIS, IL LA HARCÈLE SANS CESSE ...
...

MAIS ELLE A AFFIRMÉ...
QU'ELLE ME PRÉFÉRAIT À LUI !
HÉ HÉ !
EN D'AUTRES TERMES, C'EST UNE FILLE LÉGÈRE QUI SE JETTE DANS LES BRAS DU PREMIER VENU, C'EST CE QUE TU VEUX DIRE ?
BRAVO D'AVOIR SU L'APPRIVOISER !
CLAC
QUOI ?!
MAIS BLOOD...
CE N'EST PAS DU TOUT...
BLAM
BLOOD !

WHITE, TU DIS AVOIR RENCONTRÉ ALICE...
CELA SIGNIFIE-T-IL QU'ELLE SE TROUVE AU CHÂTEAU EN CE MOMENT ?
ELLE VOUS MANQUE À CE POINT, VOTRE GRANDEUR ?
JE REGRETTE, ELLE N'EST PAS ICI...
ET MÊME SI C'ÉTAIT LE CAS, JE NE VOUS L'AURAIS PAS AMENÉE...
POURQUOI NE LUI AS-TU PAS PROPOSÉ DE SE JOINDRE À NOUS ?
JE NE L'AI PAS REVUE DEPUIS NOTRE DERNIER THÉ...

TU AS DONC QUITTÉ TON POSTE POUR ALLER TE PROMENER À L'EXTÉRIEUR ?
QUEL TOUPET !
ÇA FAISAIT TROP LONG-TEMPS QUE JE N'AVAIS PAS VU MA TENDRE ALICE, J'ÉTAIS SI MAL-HEUREUX...
AAH...
COMME J'AVAIS UN MO-MENT DE LIBRE POUR ME RES-TAURER ET QUE J'AVAIS L'ESTO-MAC NOUÉ, JE ME SUIS RUÉ À LA TOUR DE L'HOR-LOGE POUR LA SALUER...
MAIS ARRIVÉ À DESTINA-TION...
J'AI DÉCOUVERT QU'ELLE S'ÉTAIT RENDUE CHEZ LE CHAPELIER !
SUR LE CHE-MIN DU RETOUR, J'AI CRU MOURIR DE CHAGRIN DE L'AVOIR MAN-QUÉE...
CHEZ LE CHAPELIER ?
♥ 8 Interesting

LE CHAPELIER S'EST LIÉ D'AMITIÉ AVEC ALICE ?
OUI...
ELLE AVAIT ÉTÉ CONVIÉE À UN THÉ...
D'HABITUDE, IL N'INVITE QUE LES ACTEURS...
ELLE DOIT VRAIMENT LUI PLAIRE !
IL NE S'AGIT NI D'UNE PLAISANTERIE, NI DE SIMPLES PAROLES DE CONSOLATION...
COMMENT ÇA ?!
IL VA ME LE PAYER, LE SCÉLÉRAT !
TU TE LAISSES EMBOBINER PAR LE CHEF DE LA MAFIA ?
QU'EST-CE QUE TU RACONTES ?!
...

PASSE ENCORE POUR LE MAÎTRE DE L'HORLOGE OU LE DIRECTEUR DU PARC D'ATTRACTIONS...
MAIS JE N'ACCEPTE PAS QUE CES BARBARES DE LA MAFIA TOURNENT AUTOUR D'ALICE !
CETTE HISTOIRE NE ME DIT RIEN QUI VAILLE !
DORÉNAVANT, TU LES EMPÊCHERAS DE L'APPROCHER !
C'EST BIEN CLAIR ?!
EUH...
ENTENDU, MAJESTÉ !
C'EST VRAIMENT ÉTONNANT ...

D'ORDINAIRE, LA REINE N'A QU'UN SEUL ORDRE À LA BOUCHE : "QU'ON LEUR COUPE LA TÊTE !"
C'EST VRAI...
AU FAIT, POURQUOI TU M'ACCOMPAGNES ?
MAIS AVEC ALICE, NOUS NE SOMMES PAS AU BOUT DE NOS SURPRISES...
JE CROIS BIEN QUE SA MAJESTÉ AUSSI A UN FAIBLE POUR ELLE...
OUI, MAIS...
ELLE A PARU IRRITÉE QUAND TU AS MENTIONNÉ LE CHAPELIER, ET SEULEMENT LUI...
SÛREMENT PARCE QUE LUI ET SA BANDE SONT DES GENS DANGEREUX ...
ILS POURRAIENT LUI FAIRE DU MAL !
HMM...
TU CROIS ?

COMME JE N'AIME PAS ALICE AU MÊME POINT QUE VOUS...
J'AI DU MAL À COMPRENDRE CETTE RÉACTION...
PEU IMPORTE, TANT QUE TU NE GÊNES PAS NOTRE RELATION !
AU FAIT...
TA CHAMBRE EST DE L'AUTRE CÔTÉ DU CHÂTEAU...
TU COMPTES ME SUIVRE ENCORE LONGTEMPS ?
COMMENT ? CE N'EST PAS ÇA, MA CHAMBRE ?
NON, C'EST LA MIENNE !

ドキ BOBOM
...
BOBOM ドキ ドキ BOBOM
ALORS ... QU'EN PENSES-TU ?
72 POINTS !
QUOI ?!
CE N'EST PAS UNE TRÈS BONNE NOTE !

JE PENSAIS QUE MON CAFÉ SERAIT PARFAIT, CETTE FOIS...
ARGH...
IL N'EST PAS MAUVAIS...
JUSTE UN PEU TROP FORT !
LES GRAINS ONT ÉTÉ MOULUS DE MANIÈRE EXCESSIVE !
TU AS TENDANCE À VOULOIR LES RÉDUIRE EN POUDRE FINE...
OUPS...
PAS LA PEINE DE ME FAIRE UNE ANALYSE PSYCHOLOGIQUE À PARTIR DE MON CAFÉ...
ELLE N'EST PAS SI FINE QUE ÇA, MA POUDRE...
TU ES DRÔLEMENT SÉVÈRE, TOUT DE MÊME, JULIUS...
IL FAUT BIEN, SINON À QUOI SERVIRAIT MA NOTATION ?
IL N'EMPÊCHE QUE TU FAIS DES PROGRÈS INDÉNIABLES...
C'EST VRAI ?

J'AI HÂTE DE GOÛTER TA PROCHAINE TASSE !
EUH...
AHEM ...
AU FAIT...
JE VOU-DRAIS TE DEMANDER QUELQUE CHOSE...
QUOI DONC ?
EST-CE QUE JE POURRAIS T'AIDER DANS TON TRAVAIL ?

TU TRIMES TOUJOURS D'ARRACHE-PIED SANS PRENDRE DE PAUSE, ÇA TE SOULAGERAIT UN PEU...
PAS LA PEINE !
POURQUOI ? IL Y A BIEN QUELQUES TÂCHES QUE JE SERAIS CAPABLE DE RÉALISER !
JE NE TE DEMANDE PAS DE ME PAYER, SI C'EST CE QUI TE RETIENT...
ÇA ME GÊNE DE LOGER CHEZ TOI SANS AUCUNE CONTREPARTIE !
CE N'EST PAS LE PROBLÈME !
JE NE VEUX PAS QUE TU TE SALISSES LES MAINS...
EN TOUCHANT LES MONTRES QUI ARRIVENT ICI !

ÇA NE ME DÉRANGE PAS DE ME METTRE UN PEU D'HUILE SUR LES DOIGTS !
CE N'EST PAS CE QUE JE VEUX DIRE ...
QUOI QU'IL EN SOIT, OUBLIE CETE IDÉE !
...
TOC TOC
JE PEUX ENTRER ?
ガチャ CLAC

SALUT, JULIUS !
ÇA FAISAIT UNE PAYE !
GOROUND ?!
TIENS !
TU ÉTAIS LÀ ? COMMENT ÇA VA ?
QU'EST-CE QUI T'AMÈNE ?
LA MONTRE D'UN DE TES EMPLOYÉS S'EST DÉTRAQUÉE ?
QU'IL EST BRUYANT...
TU NE PENSES VRAIMENT QU'AU BOULOT, MA PAROLE...
JE SUIS JUSTE VENU TE RENDRE VISITE !
J'AI AUSSI UN PETIT CADEAU POUR ALICE...

VOICI LE TICKET QUE JE T'AVAIS PROMIS : IL TE DONNE ACCÈS GRATUITEMENT À TOUS LES MANÈGES DU PARC !
FAIS-EN BON USAGE !
MERCI ! JE N'Y MANQUERAI PAS !
ET POUR TOI, JULIUS...
J'AI AMENÉ CECI !
J'AI MIS LA MAIN SUR UN GRAND CRU...
ON VA TRINQUER ENSEMBLE !

GRUMPH...
PFF...
COMME SI JE N'AVAIS QUE ÇA À FAIRE...
NE SOIS PAS SI STRICT !
TU PEUX BIEN SOUFFLER DE TEMPS EN TEMPS !
TU NE SORS JAMAIS DE CHEZ TOI, JE COMMENÇAIS À M'INQUIÉTER DE NE PAS TE VOIR !
IL A PARFAITEMENT RAISON !
TU VAS FINIR PAR FAIRE UNE CRISE DE SURMENAGE !
TU VOIS ?
MÊME ALICE EST DE MON AVIS !
MÊLEZ-VOUS DE CE QUI VOUS REGARDE...

MAIS C'EST LE CAS !
TU ES QUELQU'UN QUE J'APPRÉCIE PARTICULIÈREMENT...
CAR...
TU FAIS PARTIE DES RARES PERSONNES QUI NE SE MOQUENT PAS DE MON NOM !
ZIP
LOGIQUE_
JE NE VOIS PAS L'INTÉRÊT D'EN RIRE, VOILÀ TOUT...
VOILÀ !
TOUT LE MONDE DEVRAIT RÉAGIR COMME TOI !
BOM
ILS S'ENTENDENT BIEN, TOUS LES DEUX...
HI HI...

TILT
CLAC
JULIUS ?
J'AI UN CLIENT, JE VAIS DEVOIR VOUS LAISSER QUELQUES INSTANTS...

BLAM
ENCORE DU TRAVAIL ?
QUELLE ASSIDUITÉ ...
TU L'AS DIT !
QUELQU'UN A FRAPPÉ ?
JE N'AI RIEN ENTENDU DU TOUT...
JE NE PENSAIS PAS QU'IL ÉTAIT CAPABLE D'HABITER AVEC QUELQU'UN...
ÇA PROUVE QU'EN FAIT, IL A UN BON FOND !
MÊME AVEC UNE ÉTRANGÈRE... C'EST TRÈS ÉTONNANT DE SA PART !
ABSOLUMENT !
JE ME SUIS IMPOSÉE CHEZ LUI DU JOUR AU LENDEMAIN, ET IL N'A JAMAIS CHERCHÉ À ME CHASSER !

IL EST UN PEU BOURRU ...
ET IL ME HOUSPILLE DE TEMPS EN TEMPS, MAIS...
OZZ
JE PENSE QUE C'EST QUELQU'UN DE BIEN !
MOI AUSSI ...
J'AI HÂTE DE GOÛTER TA PROCHAINE TASSE !

BEAU TRAVAIL !
CLING
JE VAIS ENVOYER QUELQU'UN ÉLIMINER LES AUTRES...

TOUT VA RENTRER DANS L'ORDRE !
AH, C'EST LÀ !
J'AI ENFIN TROUVÉ !
ÇA FAIT LONGTEMPS QUE JE N'AI PAS DORMI DANS MON LIT...

ガチャ
CLAC
TIENS ?!
DZZ
ユラッ
VOUS M'ATTEN-DIEZ ?
ÇA VEUT DIRE QUE JULIUS ME FAIT AP-PELER ?
D'ACCORD, JE PARS IMMÉDIA-TEMENT POUR LA TOUR DE L'HOR-LOGE !

AH !
TE REVOILÀ ENFIN !
TU T'EN VAS DÉJÀ ?
OUI, JE VOIS QUE TU ES DÉBORDÉ !
JAMAIS DE LA VIE !
VIENS FAIRE UN TOUR DE MONTAGNES RUSSES, UN DE CES JOURS !
À PLUS TARD, ALICE !

BLAM
BON, J'AI DU PAIN SUR LA PLANCHE...
DE NOUVELLES MONTRES À RÉPARER ?
OUI...
IL Y EN A BEAUCOUP, D'AILLEURS...
ÇA VA ME PRENDRE UN SACRÉ BOUT DE TEMPS !
J'AI CONVOQUÉ ACE...
MAIS LE CONNAISSANT, IL N'EST PAS PRÈS D'ARRIVER !
JE SUIS SÛR QU'IL VA ENCORE SE PERDRE...

JE...
JE VAIS LE CHERCHER !
AVEC TOUT LE TRAVAIL QUE TU AS ...
IL VAUT MIEUX QU'ACE SOIT LÀ LE PLUS VITE POSSIBLE !
RIEN NE T'OBLIGE À TE DONNER CETTE PEINE...
C'EST LE MOINS QUE JE PUISSE FAIRE, PUISQUE TU NE VEUX PAS QUE J'ENTRE DANS TON ATELIER !
JE TE LE RÉPÈTE, IL EST HORS DE QUESTION QUE J'ABUSE DE TON HOSPITALITÉ !
SI TU REFUSES QUE JE TE RENDE QUELQUES MENUS SERVICES EN ÉCHANGE DU GÎTE ET DU COUVERT, JE SERAI OBLIGÉE DE PARTIR...

LES GENS PENSERONT QUE TU AS EXPULSÉ UNE MALHEUREUSE ÉTRANGÈRE...
ET TA RÉPUTATION EN PÂTIRA !
TU AS DE LA SUITE DANS LES IDÉES...
BON, SI TU TE CONTENTES D'ALLER À SA RENCONTRE...
JE N'Y VOIS PAS D'INCONVÉNIENT...
JE COMPTE SUR TOI !
TU PEUX !

QUELLE SOTTE ! JE N'AVAIS PAS SONGÉ...
QUE POUR ALLER CHERCHER ACE, J'ALLAIS DE-VOIR M'AVENTURER SUR LE TERRITOIRE DE PETER ET QUE PAR CONSÉQUENT JE RISQUAIS FORT DE TOMBER SUR LUI !
J'AURAIS DÛ Y RÉ-FLÉCHIR AVANT...
FUIT キョロ
FUIT キョロ
BON...
LA VOIE EST LIB...

OU PAS...
BONJOUR, CHÈRE ALICE !
IL N'A PAS PERDU DE TEMPS...
MALHEUR...
TU ES VENUE À MA RENCONTRE !
COMME C'EST TOUCHANT !
HÉLAS POUR TOI...
JE SUIS VENUE CHERCHER ACE !

OUPS…
IL NE SOUHAITE PEUT-ÊTRE PAS QUE TOUT LE MONDE SACHE QU'IL TRAVAILLE POUR JULIUS…
CUMULER DEUX EMPLOIS N'EST PAS FORCÉMENT BIEN VU…
POUR DISCUTER UN PEU ! VOILÀ, C'EST TOUT !
ACE ?
POURQUOI LUI EN PARTICULIER ?
EN PLUS, IL PARAÎT QUE TU TE RENDS SOUVENT CHEZ BLOOD DUPRÉ !
C'EST UN HOMME DANGEREUX ! TU POURRAIS MIEUX CHOISIR TES FRÉQUENTATIONS !
D'ABORD LE LIÈVRE MAFIEUX, ENSUITE LE CHEVALIER DISTRAIT…
TU SYMPATHISES AVEC TOUS LES GARÇONS DU ROYAUME SAUF MOI…
TU POURRAIS NE PAS ME FAIRE PASSER POUR UNE FILLE DE PETITE VERTU ? MERCI.

JE NE LE VOIS PAS SI SOUVENT QUE ÇA !
DE TOUTE MANIÈRE, EN QUOI CELA TE CONCERNE-T-IL ?!
TU N'ES PAS EN DROIT DE ME FAIRE DES REPROCHES !
BIEN SÛR QUE SI !
DIS-MOI, ALICE...
FSSH
BRR
POF
QUAND TE DÉCIDERAS-TU À M'AVOUER TON AMOUR ?

JE COMMENCE VRAIMENT À M'IMPATIENTER !
SON VISAGE EST SI PROCHE DU MIEN...
NON...
GLOUPS
IL VA M'EMBRASSER !

QU'EST-CE QUE TU FAIS, PETER ?
ACE ?!
OH, PARDON !
JE VOUS DÉRANGE, PEUT-ÊTRE ?
AU CONTRAIRE, TU ME SAUVES LA VIE !
MERCI !
ぱしっ CLAP
...

TU TOMBES BIEN !
IL SE TROUVE QUE JE TE CHERCHAIS...
POF POF
AH OUI ?
QUELLE CHANCE !
J'ÉTAIS JUSTEMENT EN TRAIN DE ME DIRE QUE TU ME MANQUAIS !
PAS PLUS TARD QUE TOUT À L'HEURE, TU M'AS AFFIRMÉ NE PAS ÊTRE AMOUREUX D'ALICE !
HEIN ?
QU'EST-CE QUE ÇA SIGNIFIE...
ACE ?
C'EST VRAI...
ET C'EST LA VÉRITÉ !

ALORS JE TE SAURAIS GRÉ DE LA LAISSER TRANQUILLE !
IMPOSSIBLE !
HÉ HÉ !
FIGURE-TOI...
QU'ELLE ME PLAÎT BEAUCOUP !

CE N'EST PAS VRAIMENT DE L'AMOUR...
MAIS IL Y A QUELQUE CHOSE EN ELLE QUI M'ATTIRE !
JE NE PEUX DONC PAS FAIRE COMME SI ELLE N'EXISTAIT PAS...

♥ 9 Pure Feeling

ÇA NE SE PASSERA PAS COMME ÇA, ACE...
POUR COMMENCER, TU VAS ÔTER TES SALES PATTES DES ÉPAULES D'ALICE !
QUOI ?!
CLAP
ぱっ
MES MAINS NE SONT PAS SALES !
J'AI BIEN ESSUYÉ TOUTE LA TERRE QUI RESTAIT DESSUS...
OH QUE SI !
ELLES SONT PLEINES DE MICROBES !
ET QUELLE QUE SOIT TON ATTIRANCE POUR MA DULCINÉE, JE NE TE LAISSERAI PAS FAIRE OBSTACLE À NOTRE IDYLLE !
ÉLOIGNE-TOI D'ELLE IMMÉDIATEMENT !

HA HA !
TU SAIS BIEN QUE J'AI HORREUR DE M'AVOUER VAINCU, POURTANT !
POF
EXACT...
QUAND TU AS UNE IDÉE EN TÊTE, TU NE RENONCES JAMAIS...
C'EST POURQUOI TU T'OBSTINES À CONTINUER D'AVANCER MÊME QUAND TU AS PERDU TON CHEMIN !
MAIS SACHE QUE SI TU REFUSES DE FAIRE UNE CROIX...
CLAC
SUR ALICE...

JE SERAI CONTRAINT DE T'ÉLIMINER !
SHH
ATTENDS, PETER !
TU ES FÂCHÉ ?
HOU, J'AI PEUR !
JE NE PENSE PAS QUE TU SOIS DU GENRE À ABANDONNER SANS COMBAT-TRE...
TCHAC
MAIS SOIT !
J'AI POUR PRIN-CIPE D'OBTENIR CE QUE JE VEUX, MÊME SI JE DOIS L'ARRACHER PAR LA FORCE !

...
EH BIEN, TU NE TIRES PAS ?
...
TU AS L'INTENTION DE TE SERVIR D'ALICE COMME BOUCLIER, PAS VRAI ?

COMME BOUCLIER ?!
HA HA HA HA HA !
BRAVO, TU M'AS PERCÉ À JOUR !
IL N'Y A PAS DE QUOI RIRE !!
HA HA...
C'EST LE SEUL MOYEN QUE J'AVAIS DE T'EMPÊCHER DE TIRER !
HA HA HA !
BAS LES PATTES !
EN EFFET, VOUS ÉTIEZ PARTIS POUR VOUS REGARDER EN CHIENS DE FAÏENCE PENDANT UN BON BOUT DE TEMPS...
ESPÈCE DE SCÉLÉRAT !
ÉCARTE-TOI D'ALICE TOUT DE SUITE !
BANG
AAAH !

ACE ?!
TAP
SHHHH
OUF...
J'AI EU CHAUD !
JE N'AURAIS PAS DÛ REGARDER AILLEURS...
TAP

BOM
RECULE, ALICE !
TAP
SLASH
TAP
IL NE FAUT PAS S'ÉNERVER POUR SI PEU !
TU ES VRAIMENT INTÈGRE, PETER !

PARFAI-
TEMENT
!
MES
SENTIMENTS
POUR ALICE
SONT PURS,
EN CE QUI ME
CONCERNE
!
SI
TU LE
DIS !
CE QUI SOUS-
ENTEND QUE
MOI, C'EST POUR
DES RAISONS
VILES QUE
JE TENTE DE
M'APPROCHER
D'ELLE !
"VILES"
...
ÇA PEUT
PRÊTER À
CONFU-
SION !
JE N'Y
PEUX RIEN SI
ELLE M'INTÉ-
RESSE...
ET COMME TU
N'ES PAS SON
FIANCÉ, TU N'AS
PAS TON MOT
À DIRE !
JE VEUX
SIMPLEMENT
QU'ELLE SOIT
HEUREUSE...

DONC SI JE LA RENDS HEUREUSE, TU N'AURAS RIEN À ME REPROCHER !
...
JE NE PENSE PAS QUE TU EN SOIS CAPABLE !
ÇA, TU N'EN SAIS RIEN...
LE SEUL MOYEN D'EN ÊTRE SÛR, C'EST D'ESSAYER !
TU PLAISANTES, J'ESPÈRE ?!
JE NE PEUX PAS TE CONFIER ALICE !!

CLIC
BANG
BANG
BANG
JE ME PASSERAI DE TA PERMISSION !
ÉCOUTE, ACE !!
CE N'EST PAS LE MOMENT DE TE BATTRE !
VIENS AVEC MOI, VITE !
MAIS...
ON SE BAT POUR TOI, LÀ !
TU N'ES PAS FLATTÉE ?

PAS DU TOUT ! ET ÇA NE ME PASSIONNE PAS DE VOUS VOIR VOUS ENTRETUER ...
J'EN AI ASSEZ !
HMM...
PETER N'A PAS L'INTENTION DE BAISSER SON ARME...
TU REGARDES ENCORE AILLEURS ?!
CETTE FOIS-CI, JE NE RATERAI PAS MA CIBLE !
BANG
AAAH !
BANG
BON SANG...
ÇA COMMENCE À BIEN FAIRE !
JULIUS A BESOIN DE TOI !

MINCE ! J'AI CRIÉ SANS LE VOULOIR...
DONC ...
C'EST JULIUS QUI T'ENVOIE ?
TOUT S'EXPLIQUE !
JULIUS MONREY...
AH...
C'ÉTAIT POUR ÇA ?
JE COMPRENDS MIEUX !
MAIS...
ÇA NE LE GÊNE PAS DE RÉVÉLER SON SECRET ?
HÉ HÉ !
BON, ALLONS LUI DONNER UN COUP DE MAIN !
TU SALUERAS LA REINE DE MA PART, HEIN, PETER !

PEU M'IM-PORTE DE SAVOIR OÙ TU VAS...
OU QUI TU FRÉQUENTES DANS CE MONDE...
MAIS SI ALICE SE RETROUVE IMPLIQUÉE DANS TA SALE BESOGNE, C'EST UNE AUTRE HIS-TOIRE...
CET ENDROIT SERA DONC TON TOM-BEAU !
IL FAUDRA D'ABORD ME PASSER SUR LE CORPS !
ばっ
FLAP
ALICE ?

ÉCOUTE-MOI BIEN, PETER !
SI TU FAIS NE SERAIT-CE QU'ESSAYER D'ABATTRE ACE, JE NE T'ADRESSERAI PLUS JAMAIS LA PAROLE !
!
OH NON...
JE NE VEUX PLUS VOIR CE PISTOLET, COMPRIS ?!
...
SHH
EN ROUTE, ACE !
J'ARRIVE !

PFF...
CHAQUE FOIS QUE JE RENCONTRE PETER, J'EN RESSORS ÉPUISÉE...
J'AI RÉUSSI À LE FAIRE BATTRE EN RETRAITE RIEN QU'EN USANT D'UN CHANTAGE PUÉRIL...
ET TOC !
MAIS TU L'AS RÉDUIT AU SILENCE EN QUELQUES PHRASES...
LUI QUI VA JUSQU'À TENIR TÊTE À LA REINE, EN TEMPS NORMAL !
JE VEUX BIEN CROIRE QUE LES SENTIMENTS QU'IL A POUR TOI SONT PURS !

IL EST FRANC ET HONNÊTE...
IL NE SE PERD PAS SUR DES CHEMINS TORTUEUX !
J'AVOUE QUE JE L'ENVIE...
HMM...

IL N'A PAS SON EXPRESSION HABITUELLE...
J'AI BRIÈVEMENT RESSENTI LA MÊME CHOSE, L'AUTRE JOUR...
À QUOI PEUT-IL BIEN SONGER ?
ON A PERDU UN TEMPS FOU EN FUTILITÉS !
MOI QUI VOULAIS T'AMENER À LA TOUR DE L'HORLOGE LE PLUS VITE POSSIBLE POUR QUE TU PUISSES ASSISTER JULIUS DANS SA LOURDE TÂCHE...
TOUT EST DE LA FAUTE DE CE MAUDIT LAPIN !
ARGH...

TU SAIS QUOI ?
JE CONNAIS UN RACCOURCI !
C'EST VRAI ?
MAIS OUI !
LE TRAJET POUR ALLER À LA TOUR, JE LE CONNAIS PAR CŒUR !
TU PEUX ME FAIRE CONFIANCE !
ALICE...
DÉSOLÉ, JE CROIS BIEN QUE JE ME SUIS PERDU ! ☆
COMMENT ?!

J'AVAIS OUBLIÉ QU'IL S'ÉGARAIT TOUJOURS, MÊME EN RENTRANT CHEZ LUI...
COMMENT AI-JE PU GOBER SON HISTOIRE DE RACCOURCI ?!
ON A BEAUCOUP MARCHÉ...
JE NE SAIS MÊME PLUS OÙ ON EST !
SHHHH
AOOUH
DES LOUPS ?!
OH NON...
VOILÀ QUE LA NUIT TOMBE, PAR-DESSUS LE MARCHÉ !
INSTALLATION DE LA TENTE
ON N'A PAS LE CHOIX...
ON VA RESTER DORMIR ICI EN ATTENDANT LE JOUR !
D'OÙ SORS-TU TOUT CET ÉQUIPEMENT ?!
NE ME DIS PAS QUE TU L'AVAIS SUR TOI !
ÇA ?
JE LE TRIMBALLE TOUJOURS, JUSTE AU CAS OÙ !

AU BOUT DU COMPTE, ÇA N'AURA SERVI À RIEN QUE JE SOIS VENUE À SA RENCONTRE...
CE N'EST PAS DE CETTE MANIÈRE QUE JE VAIS FAIRE GAGNER DU TEMPS À JULIUS !
TU NE PENSES PAS QU'IL VAUDRAIT MIEUX SE REMETTRE EN ROUTE ?
NON, TROP RISQUÉ !
IL FAIT NOIR COMME DANS UN FOUR, ON POURRAIT SE FAIRE ATTAQUER PAR DES BÊTES SAUVAGES !

EN PLUS, J'AI SOMMEIL...
PAS TOI ?
DÉJÀ ?
TIENS !
UNE BONNE TASSE DE THÉ... TU VERRAS, ÇA VA TE RÉCHAUFFER !
MERCI...
TU CAMPES SOUVENT, QUAND TU T'ÉGARES ?
BIEN SÛR !
JE TROUVE ÇA PLUTÔT AMUSANT !
ÇA ME DONNE ENVIE QUE MON VOYAGE DURE ENCORE PLUS LONGTEMPS !
TU N'ES PAS EN VOYAGE, TU ES PERDU...
AU FAIT, ALICE...
TU N'ES PAS TROUBLÉE ?
PAR QUOI ?

EH BIEN... NOUS SOMMES SEULS DANS CETTE TENTE, ET TU N'ES PAS SANS SAVOIR QUE JE M'INTÉRESSE À TOI !
QUOI ?!
JE SUIS À L'ÉTROIT DANS UNE TENTE...
TOUTE SEULE...
AVEC ACE...
EN PLEINE FORÊT ?!

♥ 10 Heart Sound
ON S'EST FAIT SURPRENDRE PAR LA NUIT ALORS QU'ON AVAIT PERDU NOTRE CHEMIN...
GLOUPS
JE ME RETROUVE SEULE SOUS UNE TENTE AVEC ACE, AU MILIEU DE NULLE PART...

QU'Y A-T-IL ?
ÇA TE PLAÎT DE ME VOIR ME DÉSHABILLER ?
ET TOI, ÇA NE TE GÊNE PAS DE TE DÉVÊTIR DEVANT UNE JEUNE FILLE ?
NON, POURQUOI ? ÇA DEVRAIT ?
JE NE FAIS QUE RETIRER MA VESTE...
CE N'EST PAS COMME SI J'ALLAIS ME METTRE NU !
ENCORE HEUREUX !
JE TE PRÉVIENS, SI TU COMMENCES À TE DÉNUDER, JE PARS EN COURANT !
EN COURANT ? CARRÉMENT ?
HMM...
JE VOIS BIEN...

QUE JE TE TROUBLE !
QU...
POF
TU NE T'ENFUIRAS PAS...
JE NE TE LAISSE-RAI PAS PARTIR...
JE T'AIME, ALICE !

?!
C'EST FAUX !
PARDON ?

TU NE M'AIMES PAS !
MAIS SI !
JE VIENS DE TE LE DIRE !
TU ÉPROUVES PEUT-ÊTRE DE L'ATTIRANCE, MAIS CE N'EST PAS DE L'AMOUR ...
SINON...
TU NE M'AURAIS JAMAIS PRISE COMME BOUCLIER POUR TE PROTÉGER DE PETER !
HA HA HA !
GRR...
GRR...
TU M'EN VEUX ENCORE ?
TU AS RAISON...

JE T'ADMIRE PARCE QUE TU ES UNE ÉTRANGÈRE !
...
CEUX QUI VIENNENT D'AILLEURS SONT SI IMPORTANTS QUE ÇA, DANS VOTRE MONDE ?
JE NE VOIS PAS GRANDE DIFFÉRENCE ENTRE VOUS ET MOI...
TU N'AS TOUJOURS PAS COMPRIS ? TU ES INTELLIGENTE, POURTANT...
POF
FLOP
MAIS...
QU'EST-CE QUE TU...

ACE ?!
CRRR
SA JOUE... CONTRE MA POITRINE...
BOBOM
CE BRUIT...
BOBOM
BOBOM
BOBOM
C'EST LUI...
QUI ME FASCINE !
BOBOM
BOBOM
QUEL BRUIT ?
BOBOM
BOBOM

JE NE COMPRENDS PAS... LES BATTEMENTS DE MON CŒUR N'ONT RIEN DE PARTICULIER !
FSSH
ÉCOUTE DONC LES MIENS ! VAS-Y, POSE TA MAIN...
TIC
TAC
TIC
TAC
TIC TAC
QU'EST-CE QUE C'EST ?
C'EST TON CŒUR QUI FAIT CE BRUIT-LÀ ?
TIC TAC
...

ALICE...
LES HABITANTS DE CE MONDE NE PEUVENT PAS ÉVOLUER, MÊME S'ILS EN ONT LE DÉSIR...
MAIS J'AI LE SEN-TIMENT QU'AUPRÈS DE TOI, JE POURRAIS CHANGER, JUSTEMENT GRÂCE À CETTE PUL-SATION QUE PER-SONNE D'AUTRE NE POSSÈDE !
CE NE SERA PAS FACILE, CERTES...
QUOI QU'IL EN SOIT, L'AMOUR PEUT REVÊTIR BIEN DES FORMES !

POUR LE MOMENT, JE NE SUIS PAS AMOUREUX...
MAIS J'ÉPROUVE UNE GRANDE AFFECTION POUR TOI !
M... MERCI...
POUR LE MOMENT ?
SHH
TIENS ?!
LA LAN-TERNE S'EST ÉTEINTE...
IL EST TEMPS DE SE COU-CHER !
OUAAH...
QUAND A-T-IL INSTALLÉ CES COUVERTURES ?
COUVRE-TOI BIEN, IL NE FAIT PAS CHAUD...

BONNE NUIT !
LE CŒUR D'ACE BATTAIT ÉTRANGEMENT...
ON AURAIT DIT LES AIGUILLES D'UNE MONTRE...
...

JUSTEMENT GRÂCE À CETTE PULSATION QUE PERSONNE D'AUTRE NE POSSÈDE...
SI ÇA SE TROUVE...
LES HABITANTS DE CE MONDE ONT UNE MONTRE... À LA PLACE DU CŒUR ?!
MAIS ALORS, LE TRAVAIL DE JULIUS...

VOUS VOILÀ ENFIN !
ACE A MIS AUTANT DE TEMPS QUE DE COUTUME, EN FIN DE COMPTE...
C'ÉTAIT INUTILE D'ALLER LE CHERCHER !
DÉSOLÉ !
BREF...
FILE TE METTRE AU TRAVAIL !
TOUT DE SUITE !
...

カチャ
TAC
ALLEZ...
À PLUS TARD !
BLAM
VAS-Y, JE T'ÉCOUTE ...
TU AS L'AIR D'AVOIR UNE QUESTION À ME POSER !

J'AI ENTENDU BATTRE LE CŒUR D'ACE...
C'ÉTAIT LE BRUIT D'UN MÉCANISME...
...
EN TANT QU'HORLOGER, TU MANIPULES LES CŒURS, C'EST ÇA ?
RÉPONDS-MOI !
TU ES BIEN CURIEUSE !
J'AURAIS PRÉFÉRÉ QUE TU N'EN SACHES RIEN...
C'EST EXACT...
LES MONTRES ENTASSÉES ICI SONT LES CŒURS DES HABITANTS DE CE ROYAUME ...
ET MA TÂCHE EST DE LES RÉPARER !

TU AS VU LES SILHOUETTES FANTÔMES, N'EST-CE PAS ?
CES OMBRES LUGUBRES ?
PRÉCISÉMENT !
ELLES M'ASSISTENT DANS MON TRAVAIL...
AH BON ? MAIS ON DIRAIT DES SPECTRES !
CE NE SONT PAS DES REVENANTS...
MAIS DES PERSONNES DONT LE TEMPS EST ÉCOULÉ...
ET QUI ATTENDENT LEUR TOUR POUR RESSUSCITER !
LORSQUE QUELQU'UN MEURT, SEULE SA MONTRE DEMEURE...
ACE OU LES SILHOUETTES FANTÔMES LA RÉCUPÈRENT ET ME L'APPORTENT...

SI J'ARRIVE À RÉPARER LA MONTRE ET QU'ELLE SE REMET EN MARCHE...
ELLE DONNE NAISSANCE À UNE NOUVELLE EXISTENCE !
EN D'AUTRES TERMES, MON RÔLE EST DE GÉRER LES VIES DE NOTRE MONDE !
C'EST POURQUOI ON ME SURNOMME "LE CROQUE-MORT"...
LE CROQUE-MORT ?!
C'EST UN MÉTIER MÉPRISÉ DE TOUS...
LE SIMPLE FAIT DE M'APPROCHER...
EST UN ACTE MALSAIN !
JE NE COMPTAIS PAS TE REPROCHER QUOI QUE CE SOIT ! JE NE VOIS PAS CE QU'IL Y A DE HONTEUX LÀ-DEDANS...
C'EST TON TRAVAIL, VOILÀ TOUT !

ÇA NE TE FAIT PAS PEUR ?
BOBOM
!
BOBOM
SI, TOUTE CETTE HISTOIRE ME MET TRÈS MAL À L'AISE...
POURQUOI DONC ?
ÇA N'A RIEN D'EFFRAYANT !
BOBOM
TU ES SÛRE ?
PUISQUE JE TE LE DIS !
VRAIMENT SÛRE ?
BOBOM
BOBOM
...
BOBOM

TAP
BLAM
TAP
TAP
TAP
TAP
TAP
HMM...
HAN
HAN
J'AI PEUR ...
JE ME SENS MAL...

POURTANT, JULIUS NE M'INSPIRE NI CRAINTE NI DÉGOÛT...
JE NE TROUVE PAS NON PLUS RÉPUGNANT QUE CES GENS AIENT UNE MONTRE À LA PLACE DU CŒUR...
ALORS POURQUOI ?
JE SAIS ! C'EST LE BRUIT DE CES AIGUILLES...
ET CES SINISTRES SILHOUETTES FANTÔMES QUI ME GLACENT LES SANGS...
HAN
HAN
LE MANOIR DU CHAPELIER ?
J'AI COURU JUSQU'ICI SANS M'EN APERCEVOIR...

LA PROCHAINE FOIS QUE TU VIENDRAS, JE TE PRÊTERAI DES LIVRES...
IL M'AVAIT PROPOSÉ DE REVENIR LE VOIR, MAIS JE N'OSE PAS ENTRER...
OH, MAIS C'EST CETTE BONNE VIEILLE ALICE !
ELLIOT !

TU ES VENUE NOUS RENDRE UNE PETITE VISITE ?
EUH...
OUI...
JE SAIS ! TU VEUX EMPRUNTER DES LIVRES À BLOOD, C'EST ÇA ?
EH BIEN...
BIEN SÛR, BIEN SÛR...
IL TE L'AVAIT PROMIS !
JE VAIS TE CONDUIRE JUSQU'À LUI !
TU AS DE LA CHANCE, IL EST RENTRÉ PLUS TÔT AUJOURD'HUI ! IL DOIT ÊTRE EN TRAIN DE SE DÉTENDRE DANS SA CHAMBRE...

TU SAIS, ALICE...
SI TU HABITAIS ICI, TU POURRAIS LIRE AUTANT QUE TU LE SOUHAITES !
C'EST VRAI...
MAIS JE N'AI PAS ENVIE DE QUITTER LA TOUR DE L'HOR-LOGE...
JE ME SENS BIEN, LÀ-BAS !
QUOI ?! TU T'Y SENS BIEN ?!
ALORS QUE L'HORLO-GER TRAÎNE DANS LE COIN ?!
JE RE-GRETTE, MAIS CE BONHOMME ...
J'AI UNE DENT CONTRE LUI !

POUR LA SIMPLE ET BONNE RAISON QU'IL M'A JETÉ EN PRISON !
JULIUS T'A EMPRISONNÉ ?!
IL N'A PAS L'AIR TRÈS FORT, POURTANT...
SON HOMME DE MAIN L'EST POUR LUI !
C'EST UN INDIVIDU ÉTRANGE QUI PORTE UN MASQUE ET UNE GRANDE CAPE...
UNE VÉRITABLE BRUTE !
IL M'A ASSOMMÉ ET M'A BALANCÉ AU FOND D'UNE CELLULE !
GRR..
GRR..
JE METTRAIS MA MAIN À COUPER QUE C'ÉTAIT ACE ! ELLIOT NE L'A PAS RECONNU...
SINON, IL NE LUI AURAIT PAS GENTIMENT INDIQUÉ SON CHEMIN...

MAIS POURQUOI T'A-T-IL FAIT EN-FERMER ?
C'EST AUSSI LE RÔLE DE L'HORLOGER DE SUR-VEILLER LA MAFIA ?
PAS DU TOUT...
C'EST PARCE QUE J'AI COMMIS UN GRAVE CRIME...
QUEL GENRE DE CRIME ?
EH BIEN...
J'AI ACHEVÉ UN DE MES AMIS DÉCÉDÉS...
COMMENT ÇA ?

IL EST RETOURNÉ SOUS MES YEUX À SA FORME DE MONTRE...
ALORS, POUR EMPÊCHER QU'ELLE SOIT RÉPARÉE ET QUE MON AMI REVIENNE AVEC UNE AUTRE PERSON-NALITÉ...
J'AI DÉTRUIT CETTE MONTRE...
AFIN DE RESPEC-TER SES DERNIÈRES VOLONTÉS ...
MAIS DANS NOTRE MONDE, BRISER UNE MONTRE EST LE PLUS GRAND DES TABOUS...
L'HORLOGER M'A DÉNONCÉ, ET JE ME SUIS RETROUVÉ DERRIÈRE LES BARREAUX...

UNE FOIS LA MONTRE RÉPARÉE, UNE NOUVELLE EXISTENCE VIENT AU MONDE...
C'EST UNE SORTE DE RÉINCARNATION...
MAIS DE NOMBREUSES PERSONNES SONT CONTRE CE PRINCIPE...
ET COMME L'HORLOGER RÉPARE LES MONTRES DE FORCE, IL S'ATTIRE LEUR HAINE...
D'OÙ SON SURNOM PEU FLATTEUR...
VOILÀ POURQUOI ...
JE PRÉFÉRERAIS QUE TU LAISSES TOMBER CE TORDU ET QUE TU VIENNES LOGER AU MANOIR !

CHEZ NOUS, AU MOINS, IL Y A DE L'ANIMATION !
TU PEUX PRENDRE LE THÉ À TOUTE HEURE...
EXCUSEZ-MOI !
MONSIEUR ...
LE CHEF M'A DEMANDÉ DE VOUS TRANSMETTRE CES DOCUMENTS POUR QUE VOUS LES CLASSIEZ...
AH BON ?
ENCORE DU TRAVAIL ?
TRÈS BIEN !
MONSIEUR ...
J'AI MOI AUSSI UNE TÂCHE À VOUS CONFIER...

VLOF
GLOUPS
ORDRE DU CHEF !
À CHAQUE FOIS QUE JE M'ABSENTE UN MOMENT, C'EST LA MÊME RENGAINE !
ATTENDEZ-MOI LÀ, JE REVIENS TOUT DE SUITE !
MON PAUVRE ELIOTT, TU ES TRÈS OCCUPÉ, À CE QUE JE VOIS !
TOUT CA À CLASSER ?
BAH, UN PEU...
MAIS POUR BLOOD, JE REMONTE MES MANCHES AVEC PLAISIR !
C'EST MON SAUVEUR !

TU LUI DOIS BEAUCOUP ?
ET COMMENT !
QUAND J'ÉTAIS EN PRISON...
C'EST LUI QUI M'A AIDÉ À M'ÉVADER !
ET C'EST POUR ÇA QU'IL T'EXPLOITE, MAINTENANT...
NON, NON ! IL NE ME FORCE PAS...
SI JE TRAVAILLE POUR LUI, C'EST PARCE QUE J'EN AI ENVIE !
EN PLUS, IL M'A FAIT UNE PROMESSE...

IL M'A JURÉ QU'IL ME TUERAIT !
QUAND JE MOURRAI, IL DÉTRUIRA MA MONTRE...
IL M'ACHÈVERA POUR QUE JE NE DEVIENNE PAS QUELQU'UN D'AUTRE !
ALORS JE SUIS PRÊT À TOUT POUR LUI !
QUELLE DRÔLE DE RELATION...

BLOOD ?
IL N'EST PAS DANS SA CHAMBRE, ON DIRAIT...
OÙ EST-IL PASSÉ ?
MONSIEUR ...
LE CHEF M'A CHARGÉ DE VOUS TRANSMETTRE UN MESSAGE...
VOUS DEVEZ IMMÉDIATEMENT VOUS RENDRE AU PARC D'ATTRACTIONS POUR NÉGOCIATIONS...

BON, EST-CE QUE TU SAIS OÙ EST BLOOD ?
JE L'AI VU SE DIRIGER VERS LE JARDIN...
IL FAUT QUE JE RESSORTE ?
POURRAIS-TU GUIDER ALICE JUSQU'À LUI À MA PLACE ?
BIEN !
INUTILE, JE NE SUIS PAS PRESSÉE...
JE PEUX LE CHERCHER TOUTE SEULE !
TU ES SÛRE ? DÉSOLÉ, HEIN...
EN TOUT CAS, RESTE AUSSI LONGTEMPS QUE TU VEUX !
MERCI D'AVOIR PRIS LE TEMPS DE T'OCCUPER DE MOI ALORS QUE TU ES DÉBORDÉ !
JE T'EN PRIE...

CE MANOIR ET CE JARDIN SONT IMMENSES !
JE SUIS SÛRE QUE SI JE CROISE BLOOD, JE NE SAURAI MÊME PAS QUOI LUI DIRE...
ENFIN, IL FAUDRAIT DÉJÀ QUE JE SACHE OÙ IL EST !
IL N'EST PAS DU GENRE À LÉZARDER AU SOLEIL...
C'EST PLUTÔT UN HOMME DE LA NUIT...
LE JOUR M'ENGOURDIT L'ESPRIT...

TIENS, UN PETIT BOIS...
OUAH...
TOUTES CES ROSES ...
C'EST MAGNIFIQUE !
AH !
IL ÉTAIT DONC LÀ...

IL SOURIT ?
ÇA ALORS ...
VIVALDI ?!

QU'EST-CE QUE ÇA SIGNIFIE ?
CES DEUX-LÀ NE SONT-ILS PAS CENSÉS ÊTRE ENNEMIS ?

♥11 Light Weight

TIENS ?
DÉJÀ DE RETOUR ?
C'ÉTAIT VOUS, TOUT À L'HEURE...
ALORS ...
VOUS AVEZ PU VOIR LE PATRON ?
NON, JE NE L'AI PAS TROUVÉ...
AH BON...
PEUT-ÊTRE QU'IL EST REVENU AU MANOIR !
CE N'EST PAS GRAVE, JE REPAS-SERAI !
VOUS DIREZ AU REVOIR À ELLIOT DE MA PART...

HMM...
QU'EST-CE QUE ÇA VEUT DIRE ?
ILS SE COUVAIENT DU REGARD...

ILS ÉTAIENT SI BEAUX, TOUS LES DEUX ! ON AURAIT DIT UN TABLEAU...
ILS VONT...
SI BIEN ENSEMBLE ...
TING !!
ズキン!

FRSH
FRSH
PLAF
?!
FLOP
BORIS ?!
ÇA ALORS !
ALICE !
DEPUIS LE TEMPS !

MAIS C'EST HORRIBLE !
TU ES COUVERT DE BLESSURES !
QU'EST-CE QUI T'EST ARRIVÉ ?!
J'ÉTAIS EN TRAIN DE JOUER, COMME D'HABITUDE...
MAIS J'AI FAIT UN FAUX PAS, ET VOILÀ DANS QUEL ÉTAT ÇA M'A MIS...
AÏE !
IL FAUT VITE TE SOIGNER...
LE PARC D'ATTRACTIONS N'EST PAS LOIN...
TU POURRAIS ME RAMENER CHEZ MOI ?

JE N'AI PAS BESOIN DE PANSEMENTS...
LA SALIVE, C'EST TOUT AUSSI EFFICACE !
N'IMPORTE QUOI !
QU'EST-CE QUE TU FERAS SI ÇA S'INFECTE ?
ÇA M'EST ÉGAL !
NE DIS PAS DE BÊTISES !
ALLEZ, LAISSE-MOI JETER UN COUP D'ŒIL !
FFSH

TU DEVRAIS FAIRE PLUS ATTENTION À TOI...
TON ATTITUDE DÉSINVOLTE M'INQUIÈTE ...
COM-MENT ?
TU TE FAIS DU SOUCI POUR MOI ?
BIEN SÛR, C'EST NORMAL !
VOILÀ...
ÇA DEVRAIT ALLER !
TU N'AS PLUS QU'À TE RENDRE À L'HÔPITAL POUR...
ALICE, TU ES FORMI-DABLE !
CES PAN-SEMENTS SONT IMPECCA-BLES !
MERCI DU FOND DU CŒUR !

HEU-REUSEMENT QU'ON N'A PAS CROISÉ LE PROPRIO...
C'EST VRAI, IL SE SERAIT FAIT DU MAUVAIS SANG !
MAIS NON !
IL M'AURAIT ENGUIRLANDÉ EN ME DISANT DE NE PAS SALIR LE PLANCHER !
JE SAIS QUE GOROUND EST UN PEU EXCENTRIQUE... MAIS, EN TE VOYANT SI MAL EN POINT, IL SE SERAIT FORCÉMENT INQUIÉTÉ !
PAS DU TOUT !
LA DERNIÈRE FOIS, J'ÉTAIS ENCORE PLUS AMOCHÉ, ET ÇA NE L'A PAS EMPÊCHÉ DE ME CRIER DESSUS...
TU VEUX DIRE QUE ÇA T'ARRIVE FRÉQUEMMENT, DE TE BLESSER AINSI ?!
MAIS EN QUOI CONSISTE TON JEU ?

TU NE LE SAIS PAS ?
ON JOUE À S'ENTRE-TUER !
!
JE ME FAUFILE SOUVENT DANS LE CHÂTEAU DE CŒUR...
MANQUE DE CHANCE, CE COUP-CI, LES GARDES M'ONT REPÉRÉ ET ÇA A TOURNÉ AU PUGILAT...
MAIS CE N'EST PAS UN JEU !
CE N'EST PAS UN PLAISIR, DE SE BATTRE ! ET SI TU TE FAISAIS TUER ?!
QUELLE IMPORTANCE ?
ÇA AUSSI, ÇA T'INQUIÈTE ?
ÉVIDEMMENT !

AH BON ?
TU ES BIZARRE, DIS DONC ...
AU CONTRAIRE, C'EST UNE RÉACTION NORMALE !
C'EST DONC COMME ÇA QUE ÇA SE PASSE, DANS TON MONDE ?
ICI, C'EST DIFFÉRENT ...
TAP TAP
DANS NOTRE ROYAUME, C'EST LA RÉACTION DU PROPRIO QUI EST NOR-MALE !

D'AIL-LEURS...
ALICE...
TU POUR-RAIS ME PARLER DE LÀ D'OÙ TU VIENS ?
EUH...
JE SUIS CURIEUX !
POF
VIENS PAR ICI !
ASSIEDS-TOI !
FLOP
HOU LÀ...
MAIS...
DE PLUS EN PLUS CURIEUX

JE NE VOIS PAS CE QUE JE POURRAIS TE RACONTER... C'EST UN MONDE TOUT À FAIT BANAL...
C'EST PRÉCISÉMENT CETTE BANALITÉ QUI M'INTÉRESSE !
COMME JE VIENS DE TE LE DIRE...
TA "NORMALITÉ" EST BIEN DIFFÉRENTE DE LA MIENNE !
BON, VOYONS ...
CE QUI EST NORMAL LÀ D'OÙ JE VIENS...
TOUT D'ABORD ...
LES GARÇONS N'ONT PAS DES OREILLES D'ANIMAUX !
LES FILLES NON PLUS, D'AILLEURS...
CERTAINES PERSONNES SE METTENT DES POSTICHES, MAIS ON NE PEUT PAS DIRE QUE CE SOIT TRÈS COURANT...
QUAND JE VOIS QUELQU'UN AVEC CE GENRE D'ACCESSOIRES, ÇA M'ÉNERVE...
GRRR... GRRR...

ALORS ...
TU ME DÉTESTES, C'EST ÇA ?
PAS DU TOUT !
JE T'AIME BIEN, BORIS !
MAIS TES OREILLES FÉLINES ME GÊNENT UN PEU, JE L'AVOUE...
JE N'Y PEUX RIEN, JE SUIS UN CHAT...
SNIF...
C'EST VRAI...
J'AI ÉTÉ DURE AVEC TOI !
TES OREILLES ME HÉRISSENT MOINS QUE CELLES DU LAPIN BLANC !!
FUIT
ENSUITE ...
LES GENS NE PORTENT PAS CONSTAMMENT DES ARMES SUR EUX, COMME ICI...

LES ARMES N'EXISTENT PAS ?
SI, SI...
MAIS ON NE LES UTILISE PAS DANS LA VIE QUOTIDIENNE !
HMM... ÉTRANGE ...
QUAND ON EN A, IL FAUT S'EN SERVIR !
DONC TU NE TIRES PAS SOUVENT AU PISTOLET ?
JE N'EN AI MÊME JAMAIS TOUCHÉ...
ET ÇA NE ME TENTE PAS LE MOINS DU MONDE !
HMM...
NIARK
?
CLANG

VOILÀ MON PISTOLET PRÉFÉRÉ...
PRENDS-LE !
J'AI DIT QUE ÇA NE ME TENTAIT PAS... TU M'ÉCOUTES, QUAND JE PARLE ?
ÇA NE TE COÛTE RIEN D'ESSAYER !
TU RISQUES MÊME D'Y PRENDRE GOÛT !
HÉHÉ..
ÇA M'ÉTONNERAIT FORT !
ÇA NE ME DIT RIEN !
EST-CE QU'IL FAIT ÇA EXPRÈS POUR M'EMBÊTER ?!
JE PRÉFÈRE TE PARLER...
DE MON MONDE !
INUTILE, J'EN AI ASSEZ ENTENDU !
LES CHATS SE LASSENT VITE...
ALLEZ, PRENDS-LE EN MAIN ! ♡
AAAH !

VOILÀ...
TU DOIS LE TENIR COMME ÇA...
TU VEUX TIRER, POUR VOIR ?
HI HI HI...
IL EST TROP LOURD POUR MOI !
TU VAS VITE T'Y HABITUER !
JE VEUX DIRE...
QUE C'EST UNE TROP LOURDE CHARGE...

SI JAMAIS JE TIRE...
AU MOMENT OÙ QUELQU'UN PASSE À L'EXTÉRIEUR...
JE POURRAIS TUER CETTE PERSONNE...
ET JE NE VEUX PAS AVOIR CETTE FAUTE SUR LA CONSCIENCE !
INUTILE DE TE TORTURER !
SI TU TOUCHES QUELQU'UN ...
TU N'AURAS PAS À TE SENTIR COUPABLE !
LA MONTRE DE CETTE PERSONNE S'ARRÊTERA, C'EST TOUT !

PEUT-ÊTRE QUE SI TON CŒUR S'AR-RÊTE, IL EST IMPOSSIBLE DE LE FAIRE REPARTIR...
MAIS CE N'EST PAS NOTRE CAS !
TOC
NOUS, ON PEUT ÊTRE REM-PLACÉS...
À L'INFINI !

SI J'ARRIVE À RÉPARER LA MONTRE ET QU'ELLE SE REMET EN MARCHE...
C'EST POUR ÇA...
QUE ÇA T'EST ÉGAL D'ÊTRE BLESSÉ ?
OUI, PUISQUE DE TOUTE FAÇON, QUELQU'UN PRENDRA MA PLACE !
ÇA NE POSE AUCUN PROBLÈME, QUE JE MEURE !

TAP
BRR
HIII !
CRRR
ZIIIP
ARGH !
CRR
CRR
TU ME FAIS MAL, ALICE !!
AÏE AÏE AÏE !
ZIIIP
NOON, PAS LA QUEUE, PAS LA QUEUE !
AAH !

HAN
HAN
SNIF...
POURQUOI...
OUILLE...
TU TE FÂCHES ?
...
QU'EST-CE QUE ÇA SIGNIFIE, ÊTRE REMPLACÉ ?
JE VEUX BIEN CROIRE QUE LA RÉPARATION DE LA MONTRE FASSE REVENIR QUELQU'UN...
MAIS ÇA NE RÉSOUT PAS LE PROBLÈME !
CE N'EST PAS UNE VRAIE RÉSURRECTION, PUISQUE TU NE SERAS PLUS JAMAIS LE BORIS QUE J'AI CONNU !
EH BIEN...

MÊME SI TA MONTRE SE RE-MET EN MARCHE, JE NE POURRAI PLUS JAMAIS TE VOIR !!
ET CETTE IDÉE...
ME REND TRISTE...
AH BON ?

TU AS RAISON ...
SI JE DEVIENS QUELQU'UN D'AUTRE, JE NE TE RE-VERRAI PLUS JAMAIS...
C'EST HORRIBLE !
TU DOIS BIEN TENIR À D'AUTRES PERSONNES ...
QUI TE MANQUE-RAIENT SI TU NE LES CÔTOYAIS PLUS !
EUH...
NON, JE NE VOIS PAS !
QUOI ?!

TU ES LA PREMIÈRE...
À AVOIR FAIT NAÎTRE CE SENTIMENT CHEZ MOI !
TU ES LA SEULE QUI SE SOIT JAMAIS INQUIÉTÉE À MON SUJET...
C'EST VRAI ?
EH OUI !

JE SERAIS CHAGRINÉ DE NE PLUS TE VOIR...
MERCI...
ALORS DORÉNAVANT, JE PRENDRAI GARDE À NE PAS MOURIR !
TU M'IMPRESSIONNES !
TU ES CAPABLE DE M'ÉVEILLER À DES SENSATIONS INCONNUES ...
PEUT-ÊTRE PARCE QUE TU ES UNE ÉTRANGÈRE !
MAIS NON...
ENCORE UNE FOIS, C'EST UNE RÉACTION NORMALE !

UNE VIE, C'EST IMPORTANT !

CLAC

ME REVOILÀ !
ÇA M'A PRIS UN PEU DE TEMPS, ILS ÉTAIENT NOMBREUX ...
TIENS...
VOICI LES MONTRES QUE J'AI RÉCUPÉRÉES !
PLOC

IL Y EN A BEAUCOUP...
METS-TOI À MA PLACE, C'EST MOI QUI DOIS LES RÉPARER !
JE SAIS ...
MAIS JE N'AVAIS PAS LE CHOIX...
ILS AVAIENT DISSIMULÉ LA MONTRE ARRÊTÉE...
IL FALLAIT QUE JE LA LEUR REPRENNE AVANT QU'ILS NE LA DÉTRUISENT !
J'AI DÛ LES ABATTRE LES UNS APRÈS LES AUTRES, C'EST POUR ÇA QUE JE ME RETROUVE AVEC UN SAC REMPLI DE MONTRES...
C'EST TOUT DE MÊME UN PEU EXCESSIF...

C'EST DRÔLE...
TU NE FAIS AUCUN COMMENTAIRE, D'HABITUDE !
TIENS ?
OÙ EST ALICE ?
ELLE EST SORTIE ?
JE LUI AI PARLÉ DES MONTRES, ET ELLE S'EST ENFUIE EN COURANT...
HMM...

AH OUI, ELLE N'ÉTAIT TOUJOURS PAS AU COURANT...
J'AURAIS DÛ TOUT LUI RÉVÉLER DEPUIS LE DÉBUT...
LES MÉCANISMES DE NOTRE MONDE SONT TELLEMENT DIFFÉRENTS DE CE QU'ELLE CONNAÎT...
JE N'AURAIS PAS DÛ LUI FAIRE UN TEL CHOC !
POURQUOI ?
SI TU EN VIENS À CE GENRE DE RÉFLEXIONS ...
C'EST À CAUSE DE L'INFLUENCE D'ALICE !
...

VA SAVOIR ...
HA HA !
JE T'ENVIE, TU SAIS...
JE T'ENVIE TELLEMENT...
QUE JE POURRAIS TE TUER POUR ÇA...

Titre original :
HEART NO KUNI NO ALICE - Wonderful Wonder World, vol. 2

First published in Japan in 2009 by MAG Garden Corporation
French translation rights arranged with MAG Garden Corporation
through Tuttle-Mori Agency, Inc, Tokyo

Édition française

Traduction :
Fédoua Lamodière

Adaptation graphique :
Clair Obscur

ISBN : 978-2-35592-169-8
Dépôt légal : juin 2010
Achevé d'imprimer en France par CPI Aubin Imprimeur